Zukunftsgeschichten

Band 2: Mobilitätswelten 2057

Patricia Wolf, Ute Klotz, Sheron Baumann (Hrsg.)

Zukunftsgeschichten

Band 2: Mobilitätswelten 2057

*Bibliografische Information der Deutschen National-
bibliothek:*
*Die Deutsche Nationalbibliothek verzeichnet diese
Publikation in der Deutschen Nationalbibliografie;
detaillierte bibliografische Daten sind im Internet
über http://dnb.dnb.de abrufbar.*

Design: Lukas Rüeger, Hochschule Luzern
*Coverbild: Mit freundlicher Genehmigung von Gilles
Tran, www.oyonale.com*
Icons: Ana Nicolasa Caduff, Hochschule Luzern

*Herstellung und Verlag: BoD – Books on Demand,
Norderstedt*

ISBN: 978-3-7448-8914-8

Geleitwort

Kurz: Die Kurzgeschichten sind faszinierend, überraschend, voller visionären Ideen. Danke! Sie inspirieren uns bei der Gestaltung der Mobilität der Zukunft – einfach, persönlich, vernetzt! Auf Basis unserer Stärken Sicherheit, Pünktlichkeit, Vertrauen. Für die Lebensqualität in unserem Land und die Wettbewerbsfähigkeit der Schweiz.

Andreas Meyer
Schweizerische Bundesbahnen, SBB

Die Studie „Future customer needs of the working population with regard to mobility" wurde durch den SBB Forschungsfonds finanziert. Die Studie ist online verfügbar: www.sbb-lab.ch

Vorwort der HerausgeberInnen

Wie kann man Menschen dazu bringen, etwas zu beschreiben, was es noch gar nicht gibt? Das ist die Hauptfrage jeder Marktforschungsstudie, die zukünftige Kundenbedürfnisse erfassen möchte. Und es ist die methodische Grundsatzfrage hinter dem Forschungsprojekt „Future customer needs of the working population with regard to mobility", in dessen Rahmen das vorliegende Buch entstanden ist. Auftrag des Projektes war es nämlich, die Bedürfnisse der zukünftigen arbeitstätigen Bevölkerung im Jahre 2057 in Bezug auf Mobilität zu erforschen.

Methode

So eine Aufgabe mit einer Befragung anzugehen, würde bedeuten, den Menschen Antwortoptionen, die wir heute aufgrund von Trends für erwartbar halten, vorzulegen. Aus den Ergebnissen einer solchen Untersuchung könnte man dann schlussfolgern, für wie wahrscheinlich die Befragten die vorgegebenen Annahmen über die Zukunft halten. Es wäre aber nicht möglich, ihre eigenen Annahmen, Vermutungen und Visionen über die Zukunft einzufangen. Und damit auch nicht ihre zukünftigen Mobilitätsbedürfnisse, die sich in diesen Zukunftswelten verbergen.

Aus diesem Grunde wurde im Projekt ein anderes Vorgehen gewählt: In vier Workshops wurden 84 Teilnehmende aus unterschiedlichen Bevölkerungsgruppen gebeten, unter Anleitung geschulter Moderatorinnen sogenannte Flash Fiction Kurzgeschichten zu schreiben. Für jede Geschichte hatten sie maximal fünf, manchmal jedoch nur drei Minuten Zeit. Dieses Vorgehen verhindert, dass Geschichten konstruiert werden – etwas, das geschieht, wenn man Zeit zum Nachdenken hat. Unter Zeitdruck muss man sich stattdessen auf seine Intuition verlassen und gelangt so besser an Wissen, das eigentlich nicht rational begründbar ist und Zukunftsvisionen beschreibt. In der Wissenschaft nennt man solches Zukunftswissen, dessen man sich selbst noch nicht bewusst ist, basierend auf den Schriften von Claus-Otto Scharmer implizites, selbst-transzendentes Wissen.

Um die zukünftigen Kunden gut abzubilden, wurde versucht, Personen aus allen potentiellen zukünftigen Kundensegmenten für die Workshops zu gewinnen. Gemäss einer aktuellen Studie von Jens Meissner und Kollegen besteht die zukünftige arbeitstätige Bevölkerung aus folgenden prototypischen Gruppen, die auch Persona genannt werden:

 Persona A steht für das Arbeiten im „traditionellen" Arbeitsverhältnis mit nur geringen Anteilen von Flexibilität – insbesondere die (tageweise) Arbeit im Home Office.

 Persona B personifiziert insbesondere das Phänomen der „Arbeitskraftunternehmerin", also einer angestellten Person, die aber in vielen Punkten so handelt wie eine Selbständige. Gleichzeitig arbeitet sie örtlich und zeitlich sehr fle-

xibel. Das könnte eine Beraterin mit vielen Kundenprojekten sein.

Persona C steht für das Phänomen „zwei Standbeine", d.h. sie kombiniert eine Teilzeit-Festanstellung mit selbständiger Erwerbsarbeit, zum Teil vermittelt über Crowdsourcing-Plattformen. Auch sie arbeitet örtlich und zeitlich sehr flexibel.

Persona D verkörpert den Unternehmer oder eine Unternehmerin in der digitalen Arbeitswelt, d.h. er oder sie arbeitet voll selbständig und nutzt dafür die volle zeitliche und örtliche Flexibilität. Aufträge werden insbesondere online/digital vermittelt.

Persona E verkörpert ebenfalls ein Zwei-Standbeine-Modell, steht aber insbesondere für die Möglichkeiten und Herausforderungen gering qualifizierter Arbeitnehmerinnen und Arbeitnehmer.

Die Projektgruppe vermutet, dass es auch im Jahr 2057 noch Arbeiten geben wird, bei denen die Arbeitnehmenden sich nicht aussuchen können, wann und wo sie arbeiten möchten (bspw. an bedienten Verkaufsstellen oder in Sekretariaten).

Deshalb wurde vom Projektteam die zusätzliche Persona F geschaffen und verwendet. Diese verkörpert Arbeitsverhältnisse und –weisen, welche heute noch für die Mehrheit der Erwerbstätigen vorherrschen, in Zukunft jedoch in geringerem Masse auftreten dürften.[1]

Mobilitätsszenarien

Insgesamt konnten 221 Zukunftsgeschichten gesammelt werden. Aus dem vielfältigen Datenmaterial ergeben sich vier Zukunftsszenarien, welche die Workshop-Teilnehmenden beschrieben haben und in denen physische Mobilität unter unterschiedlichen Vorzeichen stattfindet:

Im Szenario „Mobil leben und arbeiten" ist Bewegung das Normale und Stillstand die Ausnahme und das Ungewöhnliche. Ortsgebundenes Leben wird fast vollständig aufgegeben, damit auch die heute gängigen Rahmenbedingungen des Lebens wie Wohn- und Arbeitsort, gegebenenfalls auch Konzepte wie Nationalität. Interessanterweise scheinen sich die Menschen in diesem Szenario nomadenhaft von A nach B zu bewegen, und zwar zum Grossteil in mobi-

---

[1] Für die Visualisierung der Persona wurden die gleichen Icons verwendet, wie in der TA-SWISS Studie: Jens O. Meissner, Johann Weichbrodt, Bettina Hübscher, Sheron Baumann, Ute Klotz, Ulrich Pekruhl, Leila Gisin, Alexandra Gisler. (2015). Flexible neue Arbeitswelt. Eine Bestandsaufnahme auf gesellschaftlicher und volkswirtschaftlicher Ebene. TA-Swiss Studie. vdf Hochschulverlag AG.

len Wohn- und Arbeitseinheiten. Diese gehören ihnen teilweise, sind aber räumlich stark begrenzt und bestehen im Extremfall nur aus einem Anzug. Teilweise sind sie sogar nicht einmal Eigentum, sondern Orte, an denen man für eine kurze Zeit lebt – wie beispielsweise in einem Eisenbahnwagon – und die man dann wieder verlässt, um sich an den nächsten Ort zu begeben. Die sich hier zeigende örtliche und materielle Ungebundenheit ist genauso faszinierend wie auch beunruhigend, deutet sie doch an, dass sich von der Mehrheit der Bevölkerung noch immer stark ortsgebundene Konzepte wie «Heimat» in Zukunft gegebenenfalls stark ändern werden.

Im Szenario «Freie Auftragsarbeit und seltene physische Treffen» arbeiten die Menschen selbstorganisiert von dem Ort aus, an dem sie sein möchten. Über Plattformen konkurrieren sie vor allem um kreative Aufgaben, während Roboter Routinejobs übernehmen und die Menschen damit unterstützen. Ein Grossteil der Arbeit wird virtuell abgewickelt, das gilt auch für Meetings; physische Treffen sind selten. Die Mobilität besteht aus zielgerichteten Bewegungen, um andere Menschen physisch zu treffen. Oft trifft man sich einmal alle sechs bis zwölf Monate mit Kollegen, einmal wöchentlich mit Nachbarn oder Freunden. Ein auffälliges weil relativ häufig vorkommendes Szenario ist, dass Mobilität für Bewegung in der Freizeit benötigt wird, während Arbeitstreffen im virtuellen Raum abgehalten werden. Freunde und Nachbarn trifft man physisch quasi nie zuhause, sondern immer im Park, in der Bar, oder beim Spaziergang mit dem Hund.

In diesem Szenario sieht Mobilität ganz anders aus als im vorherigen. Hier wählen sich die vor allem um Kreativaufgaben konkurrierenden Menschen ihren Lebensort aus und geniessen die Vorteile der Konnektivität: Virtuell arbeiten, kommunizieren, und sich mit Kollegen treffen, ohne sich – mit seltenen Ausnahmen – aus dem Haus bewegen zu müssen. In der selbst eingeteilten Freizeit werden dann Freunde getroffen, ob virtuell oder physisch, entscheidet sich je nach Gusto. Ohnehin ist der Transport so schnell und geschieht die Reiseplanung so unkompliziert, dass man sich darüber keine Gedanken machen möchte. Man kann immer in kürzester Zeit überall hin, und eigentlich ist man ja auch schon da, wo man gern sein möchte. Mobilität ist eine Wahl, die leichtfällt, denn Bewegung ist einfach, konfliktarm, angenehm und schnell. Ein angenehmes Leben, denkt man beim Lesen. Wie aber wandeln sich unsere Arbeits- und generell Sozialbeziehungen, wie werden wir diese Virtualisierung des Zusammenarbeitens meistern? Ist das wirklich das Paradies? Einige Geschichten deuten auch dunkle Seiten an.

Im Szenario «Zentrale Aufgabenteilung und Überwachung» bekommen die Menschen zentral über virtuelle Kommunikationsmittel Aufgaben zugeteilt, die sie erledigen müssen. Sie sind immer online, überwacht und abhängig von digitalen Helfern, die ihnen von der Ernährung über Aktivitäten bis hin zur Kommunikation alles vorgeben. Sie verlassen die Wohnung so gut wie nie. Selten werden Personen vom Arbeitgeber an Arbeitsorte gerufen, dann findet

Mobilität statt. In diesem Fall wird das Transportmittel vom Arbeitgeber vorgegeben.

In diesem Szenario werden die dunklen Seiten nicht nur subtil angedeutet, sondern drängen sich geradezu auf: Hier entscheidet der Mensch nur wenige Dinge selbst – nicht was er isst, nicht woran er arbeiten möchte, nicht wann er arbeiten möchte, und auch nicht, wann er sich physisch womit wohin bewegt. Mobilität wird etwas von anderen Verordnetes, Fremdgesteuertes, teilweise sogar Bedrohliches – insbesondere in den Geschichten, die andeuten, dass physische Bewegung eigentlich nicht die Norm und deren Verordnung durch die «Überwacher» ein Alarmsignal ist.

Im Szenario «Emanzipation von digitalen Helfern» sieht das ganz anders aus. In diesem Szenario leben Aussteigerpersonen bewusst unabhängig von digitalen Helfern und verweigern sich der Überwachung. Sie betreiben Ackerbau, sind sehr naturverbunden und haben traditionelle Berufe. Abends treffen sie sich vor dem Kamin oder am Lagerfeuer. Diese Personen bewegen sich lokal, oft zu Fuss oder mit dem Fahrrad.

Hier ist Mobilität sehr lokal und Entfernungen werden zu Fuss oder mit dem Fahrrad zurückgelegt. Dazu gibt es keine Alternativen, entweder aufgrund eines vorherigen Katastrophenfalls, das heisst, weil keine anderen technischen Mittel mehr zur Verfügung stehen, oder weil man es selbst so gewählt hat. Zurückgelegt werden in beiden Fällen nur geringe Distanzen, der geographische Bewegungsraum ist stark eingeschränkt.

Alle vier Szenarien erscheinen vor dem Hintergrund unterschiedlichster aktueller Trends möglich und plausibel (vgl. zu den Trends Zukunftsinstitut, online). Höchstwahrscheinlich werden die Szenarien koexistieren, und verschiedene Teile der Bevölkerung werden sie leben.

Zukünftige Kundenbedürfnisse

Die Schnittstellen zwischen den einzelnen Verkehrsmitteln sind in den Geschichten so gestaltet, dass der Übergang reibungs- und nahtlos verläuft. Diese *Nahtlosigkeit beim Übergang zwischen den Verkehrsmitteln* gehört zu den Mobilitätsbedürfnissen der zukünftigen arbeitstätigen Bevölkerung 2057, die in der Studie identifiziert werden konnten. Die *Verkehrsmittel sollen digital vernetzt und aufeinander abgestimmt* sein. Es wird erwartet, dass den Reisenden Verkehrsmittel je nach Verkehrslage optimal ausgewählt und bereitgestellt werden. Dies bedeutet auch, dass im Falle eines Unfalls sofort Alternativen bereitgestellt werden. Um Mobilität in der Zukunft muss man sich keine Gedanken machen, sie funktioniert. Egal ob selbst- oder fremdbestimmt, Anschlüsse werden nicht mehr verpasst.

Es wird zudem ein *einfacher Zugang* zu den Verkehrsmitteln erwartet. Dies bedeutet, dass beispielsweise das Ticket automatisch gebucht wird, dass der Buchungsprozess stressfrei abläuft und nicht mehr zwingend von den Personen selbst, sondern von digitalen Helfern oder einem Roboterassistenten durchgeführt wird. Wörter wie «Billettautomat» oder

«Fahrkartenschalter» tauchen in den Geschichten kein einziges Mal auf.

Der Transport selbst soll *super schnell* erfolgen. Dies ermöglicht u.a. spontan Abstecher aus kalten in warme Regionen, schnelles Reisen ans andere Ende der Welt sowie Arbeitstreffen dort, wo sich gerade die meisten Teammitglieder aufhalten. Die Reisenden möchten *pünktlich* ankommen, oft gern *direkt in dem Raum*, in denen Arbeitstreffen stattfinden.

In den meisten Geschichten kommen *Anforderungen* vor, welche die Reisenden *unterwegs* erfüllt sehen möchten. Dazu gehören das ungestörte Erledigen von Arbeiten, das Entspannen, Schlafen und Meditieren sowie Feiern und verfügbare Speisen und Getränke (häufig auch alkoholischer Natur). Die Reisenden erwarten, mit anderen digital kommunizieren zu können, aktuelle und personalisierte Informationen zu empfangen oder mit anderen Personen vor Ort reden zu können. Es sollen unterwegs Services wie Veloreinigung in Anspruch genommen werden können. In zwei Geschichten wohnen die Protagonisten in Eisenbahnwagons. Die Aussicht auf die Umgebung wird in drei Geschichten als wichtig angesehen. In vielen Fällen möchten die Reisenden sich und/oder ihre Begleitpersonen *unterwegs von den Mitreisenden abschirmen* können – nicht gewünscht sind Dichtestress, Überfüllung und Lärm. Das *Wohlbefinden der Reisenden* steht ganz klar im Vordergrund.

Gleichzeitig begegnet man sich unterwegs weniger, es sei denn, man ist absichtlich zusammen unterwegs oder gehört im Überwachungsszenario zum Prekariat. Verkehrsmittel sind entweder die Wohlfühloasen der Zukunft oder die Orte, wo rasch noch zugeteilte Arbeiten erledigt werden, ohne dass man irgendwelches, geschweige denn schweres, Equipment mit sich herumtragen oder aufbauen muss. Die Infrastruktur ist einfach da, und es gibt keine Nutzungseinschränkungen.

Dass ein *sicherer Transport* gewährleistet werden soll, ist nur in drei Geschichte ein Thema. Selten (in fünf Geschichten) fahren die Fahrzeuge mit *alternativer Energie* oder werden geteilt.

Für Mobilitätsanbieter ist diese Studie bereits jetzt interessant, denn auch wenn zukünftige Welten gezeichnet werden, so widerspiegeln die darin identifizierbaren Bedürfnisse bereits heute vorhandene Wünsche (und teilweise auch Bedürfnisse) der Kunden, welche diese jedoch erst in der Zukunft für umsetzbar halten.

Zukunft denken, Zukunft machen

Die Zukunft ist ein Möglichkeitsraum, der aus verschiedenen denkbaren Szenarien besteht. Grundsätzlich denkbar sind positive Zukunftsszenarien (Eutopien), Zukunftsszenarien von einer gerechten Gesellschaft (Utopien), negative Zukunftsszenarien (Dystopien) und natürlich auch Mischszenarien. Alle diese Szenarien-Arten kommen in den Geschichten dieser Studie vor. Legt man sie nebeneinander, entsteht ein vielfältiges Bild von möglichen Zukünften. Aus den 221 Geschichten haben die Herausgebenden die 31 ausgewählt, welche sie für die aussagekräftigsten in Bezug auf die Szenarien halten. Dabei wurde darauf geachtet, dass die inhaltliche Vielfalt sichtbar wird.

Zudem wurde versucht, zu jedem Szenario möglichst alle Persona zu Wort kommen zu lassen. Die Geschichten wurden nach den Workshops von den Autorinnen und Herausgebenden ausgebaut und redigiert.

Welche Szenarien in Zukunft wie gelebt und gestaltet werden, ist nicht vorhersagbar, sondern hängt massgeblich davon ab, wie die Menschen ihre Handlungsoptionen nutzen. Denn: Zukunft ist gestaltbar. Nur wer in Szenarien denkt, kann proaktiv Handlungsräume und Optionen für morgen erdenken und erschliessen. Denn es gibt mögliche und es gibt erstrebenswerte Zukünfte. In diesem Sinne steht am Ende des Berichtes der Aufruf, potentielle Zukunftsszenarien regelmässig zu reflektieren, sich Handlungsspielräume zu erschliessen und so die Zukunft in die eigenen Hände zu nehmen. Methoden wie Flash Fiction Stories können dabei unterstützen, Zukunftswissen abzubilden, damit diese Handlungsspielräume sichtbar werden und nicht – wie es der systemische Denker Sebastian Olma formuliert - durch die Katzenklappe des Zufalls in die Welt schlüpfen müssen.

Patricia Wolf, Ute Klotz und Sheron Baumann
Luzern, September 2017

Inhaltsverzeichnis

Szenario 3: Zentrale Aufgabenzuteilung und Überwachung

Szenario 4: Emanzipation von digitalen Helfern

Szenario 1: Mobil leben und arbeiten

In diesem Szenario leben und arbeiten die Menschen im Jahre 2057 in mobilen Boxen, die transportiert werden - mit dem Zug, der Drohne, oder selbst fliegen. Bewegung ist ein grundsätzlicher Lebensrhythmus, das Leben findet ortsunabhängig statt, d.h. es gibt kein „Zuhause" im klassischen Sinn mehr.

Die Bewegung ist zielgerichtet, die Menschen sind mobil, um zu Treffen mit Arbeitgebern, Kollegen oder Freunden zu gelangen. Die mobilen Boxen sind teilweise nur auf Zeit gemietet, teilweise gibt es in den Geschichten gar kein Eigentum mehr.

Logbuch

Jürg Stettler

30.06.2057

Mein Nanoimplantat weckt mich wie immer rechtzeitig mit sanfter Musik im Ohr. „Der kleine Koffer für die nächsten zwei Tage ist schon gepackt und steht bei der Eingangstüre bereit", teilt mir mein Roboterassistent mit. „Um 08.47 Uhr steht das Taxi vor der Tür." Ich absolviere mein Morgenritual: Eine kurze Trainingssequenz – wie immer abgestimmt auf meinen tagesaktuellen Fitnesszustand – und das dazugehörige Powerfrühstück. Duschen, Zähneputzen, Anziehen, und los geht's.

Das selbstfahrende Taxi ist das erste Verkehrsmittel in meiner Zwei-Tages-Mobilitätskette. Weil ich viel unterwegs bin, bin ich auf flexible, individuelle, funktionale, einfach nutzbare, ökologische sowie perfekt vernetzte und aufeinander abgestimmte Verkehrsmittel angewiesen. Mein Roboterassistent ist so eingestellt, dass er stets die energiesparendste Mobilitätskette bevorzugt. Heute habe ich ihn ausnahmsweise gebeten, die schnellste Verbindung zu wählen. Schangnau im Emmental, mein erstes Ziel, ist energiesparend nicht rechtzeitig zu erreichen. Das Taxi bringt mich ohne Halt zum Bahnhof.

Das zweite Verkehrsmittel ist der Zug. Ich sitze im mit sämtlichen Kommunikationsmitteln ausgerüsteten zweiten Klasse Einzel-Business-Abteil, das für die kurze Strecke völlig ausreichend ist. Ich stöpsle meinen Adapter ein, der automatisch eine hochverschlüsselte Verbindung aufbaut, und vor mir entfalten sich die Arbeitsscreens. Dank Nanotechnologie und Miniaturisierung sowie künstlicher Intelligenz und 12-G-Verbindung erfolgt die Steuerung der digitalen Arbeits- und Kommunikationsmittel über die Stimme und das personalisierte Logbuch registriert alle Ereignisse und Bewegungen. Unterwegs bin ich ständig vernetzt und kommuniziere mit Arbeitskollegen von der Universität und Projektpartnern über Geschäftliches über Video-Gespräche mit modischer Hightech Brille und sprechende Textnachrichten.

In Wiggen wartet als drittes Verkehrsmittel ein selbstfahrendes Mobility-Carsharing Cabrio, das mir nun bis zum Nachmittag des folgenden Tages zur Verfügung stehen wird. Es bringt mich an meinen Meetingort nach Schangnau. Während der Fahrt mache ich eine kurze Meditation im Sommerwind und entspanne mich, nachdem ich ein Update mit den wichtigsten personalisierten News des Tages erhalten habe. Ich komme völlig entspannt im Seminarhotel an. Die Kollegen aus Thailand sind per Videovoice zugeschaltet. Wir sind bereits nach vier statt der geplanten fünf Stunden fertig, und so kann ich vor der Vorlesung noch einen kurzen Spaziergang in der idyllischen Umgebung machen. Punkt 18 Uhr betrete ich den Videovoice-Raum des Hotels. Die Studierenden aus aller Welt sind heute vollzählig und sehr konzentriert. Kein Wunder – die Prüfungen stehen kurz bevor.

Vor dem Nachtessen plaudere ich noch kurz mit Chrigu, meinem Schulfreund, der sich auch auf den morgigen Bike-Ausflug freut, und verabrede ein Date für morgen Abend. Dann treffe ich mich mit den Kollegen zum Abendessen und gehe anschliessend in angeregter Stimmung und voller Vorfreude auf den morgigen Tag ins Bett.

01.07.2057

Heute findet ein weiteres kurzes Projektmeeting zum Frühstück statt. Nachdem alle Aufgaben verteilt sind, beginnt endlich der Bike-Ausflug zusammen mit Chrigu in den Jura. Dazu fahre ich mit dem selbstfahrenden Mobility-Carsharing Cabrio bei ihm in Lützelflüh vorbei und hole ihn ab. Ab hier fahre ich wieder einmal selbst. Was für ein seltenes und tolles Gefühl! Wir heizen über die Landstrasse und singen lauthals „Ein Bett im Kornfeld".

An der Talstation der Magglingen Bahn in Biel stellen wir das Cabrio ab und fahren hoch. An der Bergstation hat der nicht ganz billige Drohnenservice bereits unsere eigenen High-Tech Mountainbikes abgeliefert. Wir schauen sie uns an – der Luxus hat sich gelohnt, kein einziger Kratzer und alles funktioniert einwandfrei. Bei schönstem Wetter fahren wir gemeinsam über die sanften Hügelzüge des Jura nach La-Chaux-de-Fonds. Dort warten bereits die Drohnen für die Bikes und das selbstfahrende Cabrio wieder auf uns. Auf der Heimfahrt reden wir über alte Erinnerungen und trinken gemütlich ein Bier bzw. einen Cocktail.

In Lützelflüh verabschiede ich mich von Chrigu und beantwortete auf dem Rückweg nach Luzern einige Videosprachnachrichten und freue mich auf den letzten Höhepunkt des Tages. Zu Hause angekommen stehen Duschen, Rasieren und Umziehen auf dem Plan. Verabredet sind wir zum Schwimmen, Apéro, und wer weiss… Sorry, Logbuch: Privat, nicht aufzeichnen.

Persona B

Unterwegs zuhause

Andrea Wiss

Meine Familie ist auf der ganzen Welt zuhause. Wir haben keinen festen Wohnsitz. Wir pendeln ständig hin und her, arbeiten, lernen, entspannen, feiern unterwegs. Dank superschnellen neuen Transportmöglichkeiten sind wir - wenn nötig - innert kürzester Zeit am richtigen Ort. Ansonsten schalten wir uns online zu. Unser Bekannten-Netzwerk ist auf der ganzen Welt verteilt. Besitzen tun wir fast nichts und unser Bett suchen wir uns immer ganz spontan.

Moderne Nomaden

Barbara Kummler

In der neuen Stadt mit der Bahn angekommen fand sich Lea schnell zurecht und erreichte ohne grosse Mühe einen Platz, den sie von früher kannte. Hier fand damals immer der Weihnachtsmarkt statt. Sie setzte sich auf eine freie Parkbank und blies ihren Mantel auf, bis Vorder- und Rückenteil eine ansehnliche Grösse erreichten, sich versteiften und per Knopfdruck lärmundurchlässig und temperaturangepasst waren. Ihre mobile Einheit war nun kein Kleidungsstück mehr, sondern ein kleines, gemütliches Zelt. Nun war auch die Elektronik hochgefahren und die Hülle wurde zum interaktiven 360 Grad Screen. Der Screen begann zu flimmern und die neuen Aufträge und Arbeitspakete der aktuellen Projekte prasselten unentwegt herein. Ihr Kollege Peter clusterte sie laufend und verteilte sie vor ihren Augen auf freie Mitarbeiter. Er machte das genau in ihrem Sinne.

Ja, sie waren ein gutes Team, auch über Distanz. Sie übernahm also die Moderation des anstehenden Meetings und beobachtete Peters Aktivitäten nur noch aus dem Augenwinkel. Felix begann das Meeting mit Erzählungen aus seinem Urlaub, seine Urlaubsfotos mäanderten über ihren Screen, andere Teammitglieder ergänzten sie mit projektrelevanten Informationen, sodass seine Bilder allmählich überlagert wurden. Eine halbe Stunde lang wurde gemixt, bebildert und diskutiert, bis eine neue Produktidee entstand, die alle tragfähig fanden. Das weitere Prototyping würde nun wiederum Peter in Arbeitspakete zerlegen und steuern. Lea schob ihm den neuen Auftrag zu, denn sie musste weiter.

Sie kam an diesem Morgen aus einem ganz bestimmten Grund hier an. Sie wollte eine alte Freundin besuchen, die sich kürzlich hier ein Haus gekauft hatte. „Wie altmodisch und unpraktisch, sich an einem festen Ort ein Haus zu kaufen", dachte Lea. „Wie macht sie das bloss, so unflexibel zu sein? Das muss sie mir gleich erklären." Sie verwandelte ihre mobile Einheit zurück in einen weichen Mantel, hielt dabei mit Peter weiterhin Kontakt und ging über den Platz zur nächsten Bahn. „Diese Zeltstädte sind ganz schön unübersichtlich geworden", murmelte sie, als sie versuchte, sich einen Weg über den Platz zu bahnen.

Persona C

Wohlfühlabteil

Elisabeth Frey Lutz

Sie sass im Wohlfühlabteil und versuchte sich zu entspannen. Hatte sie richtig gewählt? Zwei Stunden in den Schlafsesseln nebenan wären doch auch angenehm. Oder bis Genf Om brummen? Das hatte schon mal ziemlich gewirkt, die Yogalehrerin hatte sie gut unterstützt, sie übte sonst lieber den Kopfstand als das Singen. Jetzt knetete ein Therapeut ihre Füsse. Ungewohnt, aber sie hatte sich auf ein neues Reiseangebot einlassen wollen. Immerhin ging ihr nach der Sitzung so viel durch den Kopf, dass es fast schon eine Wohltat war, jeder Zehe nachzuspüren, auch wenn ihr die Berührung eigentlich distanzlos vorkam.

Was wohl der Mann auf der Liege schräg gegenüber so dachte? Er kriegte eine Rückenmassage, stöhnte immer mal wieder, eher wohlig, wie es schien. Ziemte sich das? Sie verbot sich die Frage sofort, Alte-Leute-Zeug, wie konnte sie nur. Und der dritte Fahrgast, das war ja eher die Höhe – wie sich diese Frau in Zürich wohl in den Zug geschmuggelt hatte, mit dem Swiss-Ultra-Luxury-Pass doch wohl kaum. Gehörte die nicht eher zu den Leuten, die sich das Reisen höchstens noch in den Stapelwagen leisten konnten, dort, wo man hingelegt wurde wie Sardinen und starr neben allen andern zu liegen hatte, bis man wieder rausgezogen wurde? Musste man sich denn immer noch mit gewöhnlichen Leuten im selben Abteil abfinden.

Wieso richtete sich jetzt ihr Masseur auf, der gehörte doch an ihre Füsse. Und dann redete der sie sogar noch an! „Mein Kollege wird seine Massage ebenfalls unterbrechen; wir befördern den Mann in einen Stapelwagen, danach stehe ich selbstverständlich wieder zu Ihrer Verfügung. Es kann nicht sein, dass sich unsere Passagiere so vermischen." Sie war verblüfft. Den Mann meinte der, nicht die Frau? Und woher wusste er von ihren Gedanken? „Machen Sie sich keine Sorgen. Ihre Gedanken stören uns nicht, aber wir sind gehalten, sämtliches Stöhnen in unseren Wohlfühlabteilen zu unterbinden. Es ziemt sich nicht."

Persona D

Täglich

Widar von Arx

Mein Arbeits- und Wohnort liegen nahe zusammen. Ich beschäftige mich mit der Mobilität von alten Menschen. Die Arbeiten sind stark projektorientiert. Eine fixe Anstellung und Bezahlung gibt es nicht - das Soziale nimmt immer mehr Raum ein, Besitz nimmt ab. Das Verkehrsmittel für meine Bewegungen vor Ort ist mir egal, das Geld dafür ist aber knapp. Laufen, Fahrrad fahren etc. wurde in den letzten 30 Jahren immens wichtig.

Neulich traf ich jemanden, der ist Professor/Experte und bietet sein Wissen über digitale Kanäle an. Die Studenten besuchen ihn via YouTube. Er werde pro Abonnement bezahlt, sagte er. Seine Studenten kommen aus der ganzen Welt. Um in seiner Szene bekannt zu sein, hält er viele Lectures und macht intensive Eigenwerbung. Dafür muss er auch Reisen und Face-to-Face Kontakte haben. Scheinbar verdient er genug dafür. Tja, so einen Beruf müsste man haben. Obwohl, für mich wäre das nichts – ich mache gern jeden Tag was mit echten Menschen.

Zentraltower

Patricia Wolf

Iris schaute sich um. Die Box war klinisch rein, nichts zeugte mehr von letzter Nacht. Alles Private war hinter der Bürowand verschwunden, welche der Boxtransformer ausgefahren hatte. Perfekt. Sie sagte «Boxplatz 134 abmelden, keine Rückkehr geplant. Nächstes Ziel: Zentraltower.» Der Mobilitätsassistent zeigte fünf Extrapunkte für den frühzeitigen Abflug. Insgesamt hatte Iris 256 Punkte, damit sollte sie es heute Abend problemlos nach Rom schaffen. Dort würde sie bleiben, bis ihr die Mobilitätspunkte für ihren heutigen Einsatz vom Arbeitgeber gutgeschrieben würden.

Aber nun erst mal zum Zentraltower. Der Flug dauerte 14 Minuten, es waren ja auch nur 400 km. Als sie ankam, waren die meisten auf Ebene 57 schon angedockt. Weiter oben schienen zwei weitere Meetings stattzufinden, während unter ihr alle Ebenen frei waren. Sonntag war nicht der Tag für Meetings. Aber dieses hier war wichtig.

Iris dockte auf Ebene 57 an und öffnete die Vordertür. Grüsse flogen hin und her. Mark hatte vergessen, seine Bürowand herunterzufahren, und so sah man hinter ihm einen Stapel Unterhosen. Iris verkniff sich ein Grinsen. Punkt 07.30 Uhr fuhr die Unterschriftseinheit hoch. Die Gespräche brachen abrupt ab, alle schauten zu dem Gerät, um ihren Iris-Scan und damit ihr Einverständnis zum neuen Auftrag abzugeben. Danach war geplant, mit einem Einigkeits-Smoothie anzustossen. Iris freute sich darauf, die

Dinger waren wirklich gut. Danach fühlte man sich wie ein eingeschworenes Team.

Die Unterschriftseinheit fuhr wieder herunter, und in der Raummitte erschienen die Smoothies. Alle liefen los, es wurde wieder laut: Händeschütteln, Gespräche, es wurde angestossen... und plötzlich fing die Erde an zu beben. Iris stürzte los, die Tür ihrer mobilen Einheit schloss sich schon. Der Zentraltower wankte. Schnell entkoppelte Iris ihre Box mit einem Druck auf den Erdbebenknopf. Gerade rechtzeitig, der Turm senkte sich schon zu Seite. Iris hielt den Atem an und zählte: Neun Boxen schwebten auf ihrer Ebene. Das bedeutete, alle hatten es rechtzeitig zurückgeschafft, bevor der Turm einstürzte.

Mark eröffnete das virtuelle Meeting. Gut gelaunt lachte er in die Kamera und hob seinen Drink. Iris schaute auf ihre Hand. Auch sie hatte scheinbar instinktiv ihr Getränk mitgenommen und prostete nun den anderen zu. Die Roboter bauten inzwischen einen neuen Zentraltower.

Die Unterführungsbahn

Pia Britschgi, Ute Klotz

Arlette, 23 Jahre alt, arbeitet in der Zentralwäscherei und geht morgens hin und abends wieder zurück. Für die Verhältnisse im Jahr 2057 ist ihr Leben sehr, sehr normal. Von ihrem kleinen, gemütlichen Zimmer, S6343 im Block HAQ7, nimmt sie jeden Tag den Weg zur Unterführungsbahn (UFB). Sie geniesst ihren Arbeitsweg mit der UFB. Dort ist es so schön gemütlich und wohlriechend, und sie fühlt sich so sicher wie in ihrem Zimmer.

Heute Morgen allerdings gab es einen Stromausfall. So ein Mist.

Stromausfall zuhause bedeutet, dass wahrscheinlich die Strom-Banditen wieder illegal Strom abgezapft haben. Es bedeutet ebenfalls, dass die Transportmittel zur Unterführungsbahn (UFB) ausfallen, aber, zum Glück, nicht die UFB selbst. Diese hat schon von Anfang an ein eigenes, sicheres Stromnetz implementiert. Bravo, kann Arlette da nur immer wieder sagen. Der Eingangsbereich der UFB ist hell erleuchtet und übersichtlich. Ab dort fühlt sie sich wieder sicher. Freundlich und erleichtert grüsst sie die

UFB-Polizisten. Ja, natürlich sind es Roboter, aber trotzdem.

Arlette hat das neueste Smartphone und hier, mit dem WLAN in der UFB Zone, bedeutet das, dass sie den Kaffee direkt aus dem Handy beziehen kann. Becher und Croissant befinden sich überall in Griffweite. Durch den Stromausfall sind manche Menschen zu spät dran. Das bedeutet, sie können entweder gar nicht mehr zur Arbeit fahren oder könnten, je nach Beschäftigungsgrad, eigentlich wieder nach Hause gehen, aber das geht nicht mehr. Die riesigen Menschenströme werden zentral gelenkt. Es gibt jetzt kein Zurück mehr, man muss bis zur Zielstation weiterfahren, dann aussteigen und dann beim entsprechenden Eingang, je nach Ziel-Wohnviertel wieder mit der Unterführungsbahn zurückfahren, und zwar zur geplanten Zeit.

Nach 12 Stunden Arbeit geht es für Arlette wieder zurück, in ihr kleines gemütliches Zimmer, S6343 im Block HAQ7.

Szenario 2: Freie Auftragsarbeit und seltene physische Treffen

In diesem Szenario arbeiten die Menschen selbstorganisiert von dem Ort aus, an dem sie sein möchten. Über Plattformen konkurrieren sie v.a. um kreative Aufgaben, während Roboter Routinejobs übernehmen und die Menschen damit unterstützen. Ein Grossteil der Arbeit wird virtuell abgewickelt, das gilt auch für Meetings; physische Treffen sind selten.

Die Mobilität besteht aus zielgerichteten Bewegungen, um andere Menschen physisch zu treffen. Oft trifft man sich einmal alle sechs bis zwölf Monate mit Kollegen, einmal wöchentlich mit Nachbarn oder Freunden.

Persona A

Die gläserne Stadt

Michèle Curiger

Michael verliess das luxuriöse Penthouse. Der Lift stoppte in der Mitte der vier Hochhäuser. Sein Herz raste. Wieder las er die Nachricht. Sein Robot-Assistant forderte nach einer Bilanz-Berechnung die Entlassung von zehn Millionen Arbeitern. Die Tür öffnete sich und Michael betrat die Plattform.

Er sah zur Glaskuppel hinauf. Die Anzeige zählte die letzten 5 Sekunden im Countdown, bis sie auch schon exakt pünktlich eintraf - die gläserne Sky-Metro. *First-class*. Er trat ein und nahm auf einem der breiten Ledersessel direkt am Fenster Platz. Die Türen schlossen sich und die Metro fuhr in rasanter Geschwindigkeit auf ihren Schienen weiter.

Nervös schweifte Michaels Blick über die Hochhäuser, welche sich gegenseitig ins Unendliche reflektierten. Dann schaute er hinunter auf den Erdboden und erinnerte sich noch genau an Menschen, die über Strassen liefen, sich grüssten und gemeinsam lachten. Diese Zeiten waren vorbei. Heute schlichen dort nur noch Obdachlose herum.

«Champagner, Bourbon, Limonade?» Mit einem perfekten Lächeln überreichte ihm die Frau ein Glas. Eine hellblaue Pille löste sich darin auf. Eine CEO-Droge. Die Sky-Metro bog scharf nach rechts, was ihm einen Blick auf die hinteren Wagons der Arbeiterklasse verschaffte. Die Leute standen dicht gedrängt und drückten sich aneinander vorbei. Sie wirkten krank, müde und unglücklich. Er spürte Mitleid.

Nein, das durfte er nicht. Er leerte das Glas in einem Zug. *Finance Monopol* ertönte es aus den Lautsprechern. Seine Station. Er stieg aus und blickte hinauf zum verglasten Dach der weltweit grössten Finanzmacht, wo er heute noch mit allen wichtigen Leuten Golf spielen würde. Zehn Millionen Entlassungen. Es würde ihr Ende bedeuten, aber den Jahresgewinn um weitere 0.1% steigern. Eine kühle Gleichgültigkeit überkam ihn und liess seine Gefühle bis in die kleinste Emotion gefrieren. Die Pille schien zu wirken. Er entsperrte das Tablet und öffnete die Nachrichten-App. *Akzeptieren*. Die Anfrage verschwand. Wie einfach doch sein Job war.

Annas Welt

Anonym

Anna, 29, arbeitet als Projektmanagerin. Ihre Aufgabe ist es, verschiedene Projekte zu einem zusammen zu führen, um Ressourcen zu sparen. Sie telefoniert, skypt vor allem mit den Projektleitenden, trifft sich jedoch selten. Es entsteht wenig persönlicher Kontakt face-to-face. Sie bekommt von weiter oben immer wieder neue Anweisungen, welche sie ausführen muss. Die Arbeit bereitet ihr nicht viel Freude, da sie oft alleine ist.

Jetzt ist Anna zuhause und macht sich bereit für das physische Halbjahres-Meeting in zehn Minuten. Sie zückt ihr Gerät und gibt den Zielort ein. Innerhalb einer Minute steht unten ein selbstfahrendes Taxi. In den verbleibenden acht Minuten bekommt sie im Taxi eine Entspannungsphase: Essen (gesund), Massage, Kosmetik, ... und wird physisch und mental auf das Meeting vorbereitet.

Nach dem Meeting nimmt Anna wieder eines der komfortablen selbstfahrenden Taxis. Als Ausgleich zur stressigen Arbeit sucht sie sich für eine Stunde einen ruhigen Platz in der Natur, um für sich alleine zu sein. Das tut gut! Leider hat sie dafür nur sehr wenig Zeit, neben dem stressigen Job... Und dann ist da noch ihr Hobby: In ihrer Freizeit fährt Anna gern Sammelbus, welcher alle Leute aus der Region mitnimmt, die an den gleichen Ort fahren wollen. So trifft sie auch immer wieder neue Leute oder kann mit ihren 10 Kolleginnen gleichzeitig fahren.

Happy Birthday im Jahr 2057 – ein Nervenkitzel

Sabine Gerber

Carla ist Kindergeburtstagsorganisatorin. Ihre Kunden sind reiche Eltern. Ein Kindergeburtstagsfest mit echten anderen Kindern ist im Jahr 2057 zum Luxus geworden. Die Sicherheit ist absolut zentral; von den Anforderungen an Sterilität sowie den Vorgaben hinsichtlich Ernährung gar nicht zu reden. Die Kinder werden dazu in der Regel von einem nicht-hackbaren elektronischen selbstfahrenden Robobus abgeholt. Die Route wird, zwecks Sicherheit, durch einen ausgeklügelten Algorithmus ad hoc festgelegt. So können Entführungen und Unfälle mit „Aussersystem-Fahrzeugen" vermieden werden. Die Feste finden ausschliesslich im Hochsicherheits-Base-Camp der Stadt statt. Einmal hat Carla auch ein Fest für die Tochter eines schwerreichen Drohnentaxi-Moguls aus Zürich organisiert. Das hat Carla beinahe an den Anschlag gebracht. Denn das Fest wurde kurzfristig nach Australien verlegt, nachdem die 6-jährige Tochter einen Film über Koala-Bären gesehen hatte. Gereist wurde mit der Highspeed Terra-U-Bahn, quer durch die Erdkugel. Dazu wurde ein ganzer Zug gechartert. Die reiche Tochter bestand darauf, ihr Fest direkt an ihrem Geburtstag zu feiern. Dieser war aber mitten in der Woche. Deshalb musste auch noch der Unterricht während der Reise gewährleistet werden. Dazu musste extra ein Hologramm-System in den Zug eingebaut werden, damit jedes Kind durch seinen individuellen Lehrer (meist in Form einer Comicfigur) unterrichtet werden konnte. Ein riesiger Aufwand. Obwohl schlussendlich auch dieses Geburtstagsfest erfolgreich war und sie fürstlich entlohnt wurde (inkl. Dauer-Freikarten für die Terra-U-Bahn) hat sich Carla geschworen, künftig nur noch Kindergeburtstagsfeste in der Schweiz zu organisieren.

Drohnen Hijacking

Caroline Studer, Ute Klotz

JJ ist vor zwei Tagen 24 Jahre alt geworden. Halbzeit. Sein Lebensplan läuft bis 48 Jahre. Das hat ihn tatsächlich etwas nachdenklich gemacht. Aber nur ein bisschen.

Wie jeden Morgen kontrolliert er seine Produktion für Essen, Haushalt und Freizeit. Jeder Haushalt ist für seine eigene Versorgung zuständig. Da JJ das nicht gerne macht - Zahlen vergleichen, Produktion im Keller überwachen, Korrekturmassnahmen ergreifen - hat er sich dafür den Haushaltsroboter Z94 angeschafft. Wer will sich schon den ganzen Tag um das Herstellen von künstlichen Nahrungsmitteln kümmern? Er jedenfalls nicht, und Z94 macht seine Sache gut.

JJs ganzes Interesse gilt seinen Freunden. Er trifft sich täglich mit ihnen. Vorhin hat er sich gerade mit Li verabredet. Und dieser hält zehn Minuten später genau vor seinem Fenster, wie Karlsson vom Dach. Aber Li hat keinen Propeller auf dem Rücken wie Karlsson, sondern steigt aus einer schönen, neuen Drohne aus und springt direkt in sein Zimmer. Li scheint noch nicht lange wach zu sein, denn er hat immer noch seinen Pyjama an. JJ vermutet, dass Li eine arbeitsreiche und aufregende Nacht hinter sich hat.

So war es auch. Li verdient sein Geld mit dem Hijacking von Individual-Drohnen. Vor einem Jahr hat er sich darauf spezialisiert und ist relativ erfolgreich. Sein Interesse gilt den Drohnen der Privatpersonen. Denn bis jetzt hat er keine Möglichkeit gesehen, die professionellen Drohnen der Schweizerischen Transportbehörde (STB) zu entführen. Die spielen anscheinend, und zwar in jeder Hinsicht, in einer anderen Liga.

Sein Lebensplan läuft mit 28 ab, jetzt ist er 26. Er hat also noch zwei Jahre, um sein ehrgeiziges Ziel, das Hijacking einer STB-Drohne, zu erreichen.

Kais kurze Reise zum Roboter-Meeting

Christine Rebsamen

Kai stand am Morgen auf und wurde sofort nervös. Seine Schweissperlen glänzten stärker als das virtuelle Diamantarmband auf seinem Nachttisch. Er atmete nochmals tief durch. Das anstehende Meeting machte ihm etwas Bauchschmerzen, denn seine Idee wurde heute zum ersten Mal ausschliesslich von Robotern bewertet. Kai fragte sich, ob er da wohl jemals wieder lebendig rauskommen würde...

Mit wackligen Beinen machte er sich auf den Weg zum Ausgang. Obwohl sich die Wohnung von Kai im 112. Stock befand, musste er dafür nicht ganz nach unten gehen. Der «Airplane Exit», eine Dockstation für verschiedenste Flugzeugtypen, befand sich nur zwei Stockwerke unter ihm.

Wie am Vortag über eine App vereinbart, traf das Flugzeug pünktlich um 07.30 Uhr beim «Airplane Exit» ein. Es handelte sich um ein sogenanntes Taxi-Flugzeug. Ein Taxi-Flugzeug holte jeweils gleich mehrere Passagiere mit dem gleichen Reiseziel ab. Mit acht Personen an Bord machte sich das Flugzeug auf den Weg von Seattle nach New York. Seit zwei Jahren flogen die Taxi-Flugzeuge nun schon ohne menschliche Piloten. Kai schätzte diese Änderung sehr, denn ohne menschliche Fehler kam es zu deutlich weniger Unfällen.

Während des Fluges setzte sich Kai seine VR-Brille auf. Im Programm wählte er das AC/DC-Konzert, welches er am Vorabend nicht zu Ende schauen konnte. Nach nur wenigen Sekunden befand er sich inmitten einer riesigen Menschenmenge, welche den Hit «Highway to Hell» zum Besten gab. Kai musste für einen Moment schmunzeln – er hoffte, dass er sich nicht selbst auf seinem persönlichen «Highway to Hell» befand.

20 Minuten später befand sich das Taxi-Flugzeug bereits im Landeanflug auf die grosse Meeting-Zentrale in New York. Das VR-Konzert zeigte seine Wirkung: Kais Puls befand sich wieder im Normalbereich. Er stand von einem Sitz auf und begab sich durch das Airplane-Gate auf den Weg zum Meeting-Raum 1245. Dort wurde er schon von seinem elektronischen Publikum erwartet.

Das perfekte Frühstücksei

Sabine Gerber

„Heute will ich ein echtes Ei zum Frühstück", denkt Silvie beim Erwachen. Sie verlässt ihren 1-Personen-Cube und holt sich im Erdgeschoss des Cube-Towers ein Sharing-Velo. Sobald sich Silvie dem Fahrrad nähert, stellt es sich autonomisches auf Silvies Grösse und Fahrstil ein. Silvie findet Velofahren ganz nett, jetzt wo die Zentrumsstrassen nur noch von elektrischen, vollautonomen Robaxis3 befahren werden. Die sehen süss aus und sind kunterbunt, damit man sie auch wirklich sieht. Auch sind sie total ruhig im Gegensatz zur Generation 1 & 2 – diese mussten damals noch mit einem nervigen Ton ausgestattet werden, um gehört zu werden. Davon sind die ängstlichen Behörden nun abgekommen. Silvie kommt im Rathaus raus – dort ist die einzige Beamstation der Stadt – auch diese ist immer noch unter staatlicher Aufsicht, nicht so wie in Australien, wo es verschiedenste Anbieter auf dem freien Markt gibt. Typisch Schweiz. Sie steigt in die Kapsel ein, nennt deutlich den Geocode und das Passwort ihrer Zieldestination „la Ferme d'Yvonne". Ein kurzes Ziehen in der Magengegend – und schon öffnet sich die Kapsel wieder.

„Ah – j'adore la Provence", denkt Silvie beim Aussteigen (sie hat bereits ihr französisches Sprachzentrum aktiviert). Sie steigt vom Stalldach, welches als Beaming-Landeplatz eingerichtet wurde und geht schnurstracks in den wunderbaren Innenhof, wo Yvonne bereits ihr Frühstück mit dem perfekten 3 Minuten Ei parat gemacht hat. Silvie geniesst die „echte Nahrung", draussen in der bäuerlichen Umgebung, sonst isst sie nur flüssig bzw. mit Tabletten, weil es im Cube-Alltag praktischer ist. Wie immer an solchen „Wellness-Tagen" wird sie den ganzen Tag dort bleiben und von dort aus arbeiten. Bei Bedarf beamen sich ihre Co-Workers auch dorthin bzw. erscheinen via Hologramm – falls das Holo-Netz funktioniert. „Holoen" ist im Gegensatz zu „beamen" sehr fehleranfällig und wird oft gehackt.

Am Abend wird sie Yvonne beim Most-Herstellen helfen. Es ist zwar mittlerweile ein richtiger Massen-Event für die natursuchenden Cubers geworden, aber Silvie liebt den Geruch der gepressten Äpfel und wird dennoch mitmachen.

Halbjahrestreffen

Oliver Hirschi

Montagmorgen. Ich erwache, obwohl kein Wecker geklingelt hat – Wecker gibt es nicht mehr. Ich erwache und stehe auf, weil mein Körper das Signal dazu gab. Nächste Woche findet unser erstes physisches Halbjahrestreffen statt und ich muss bald los, um pünktlich zum Kick-Off dort zu sein. In einer Stunde organisieren wir im Team anlässlich unserer wöchentlichen Status-Konferenz noch die letzten Details. Die Status-Konferenzen finden natürlich virtuell statt, da kann ich gut in der Badehose von hier auf Gran Canaria aus teilnehmen – meine eingebaute Software zieht mir dann vor der Bildübermittlung einen virtuellen Anzug an.

Unser Team trifft sich lediglich zweimal im Jahr, und zwar irgendwo auf der Welt – dort wo gerade die meisten Team-Mitglieder sind. Ja genau, unser Team: Wir sind zehn Personen. Zurzeit, über die Schweizer Wintermonate, arbeite ich hier auf Gran Canaria in der Wärme. Ein zentrales Büro, von dem meine Grosseltern erzählt haben, gibt es ebenso nicht mehr wie Wecker. Ja, meine Urgrosseltern haben mir sogar einmal erzählt, dass sie zu ihrer Zeit jeden Morgen von zu Hause aus in überfüllten Zügen oder auf verstopften Autobahnen eine Stunde zur Arbeit gefahren sind – unvorstellbar, wie man sich das je antun konnte. Zum Glück wurden auch die lästigen Smartphones, Telefone oder wie die Geräte auch immer genannt wurden, welche früher immer die Arbeit unterbrochen haben, abgeschaltet.

Übernächste Woche ist es nun soweit: Dann findet endlich unser erstes physisches Halbjahrestreffen statt. Diesmal in der Schweiz an der Historical Old Style Hochschule (HOSH) in Zürich. Das ist eine altmodische Hochschule, wo die Studierenden zum Lernen noch hingehen müssen – bei uns ist das anders, wir lehren und lernen virtuell. Ich freue mich sehr auf das Treffen, wir sind dann drei Tage «real life» zusammen – natürlich nicht zum Arbeiten, das machen wir ja sonst das ganze Jahr durch.

Ja eben, ich muss bald los, um pünktlich in Zürich anzukommen. Normale Geschäftsreisen, wie das in seltensten Fällen nötig ist, erledige ich mit dem «Beam-Me-To-Gadget». Das ist super praktisch und das üblichste Fortbewegungsmittel – per Knopfdruck und ohne Zeitaufwand wohin man will. Obwohl, ganz ohne ist es auch nicht: Letztens habe ich mich noch in der Badehose nach Kanada gebeamt – mein Gott, war das kalt. Aber an die Halbjahrestreffen gehe ich wie immer mit meinem «Retro-Auto-Fly-To-Gadget», einer Art selbstfliegendem Lufttaxi, welches ich von meinem Grossvater erben durfte. Das benötigt zwar seine Zeit, ich kann aber unterwegs die frische Meeresluft einatmen und die echten Düfte der Provence riechen. Ich brauche diese Entschleunigung als Ausgleich zur Hektik am Strand.

An den Halbjahrestreffen feiern wir jeweils drei Tage durch und lernen so auch andere Seiten von uns kennen. Die Treffen sind die Höhepunkte des Jahres! Danach benötigen jeweils alle rund eine Woche Regeneration – eine Katermedizin gibt es leider noch immer nicht...

Persona C

Sicher sinnvoll

Anonym, Sheron Baumann

Ich sitze am Morgen auf dem Balkon mit Meeresblick und lese meine ersten News und Nachrichten. Gleichzeitig plant mein virtueller Assistent meinen Arbeitstag und hat dazu einige kleine Fragen, ob ich beispielsweise ein Meeting vor Ort wahrnehmen will oder virtuell. Falls es vor Ort ist, gibt er die Destination und die Ankunftszeit bei meinem Mobilitätsbroker als Request ein.

Der Rest läuft ohne unser Zutun. Ein Robo-Shuttle holt mich ab und bringt mich zum Hub, wo ich in den Superschnellzug einsteige. Dort gibt es nur reservierte Sitze und so findet man immer einen Platz. Den brauche ich auch, denn die Reisezeit gilt seit der Arbeitsgesetzrevision als Arbeitszeit und bei meiner Arbeit arbeitet es sich selbst heutzutage schlecht im Stehen. Ansonsten hole ich mir die anstehenden Arbeiten virtuell ab und bearbeite sie nach meinem eigenen Rhythmus, d.h. wann ich am effektivsten bin.

Da heute nicht so viel auf dem Plan steht, kann ich das schöne Wetter nutzen, um mich mit Freunden am Strand zu treffen. Wegen des universellen Mobility-Pricings leiste ich mir lieber kein Individualverkehrsmittel, das auf Fahrbahnen angewiesen ist, sondern schwebe mit dem Hoverboard hin.

Da Karriere machen und Geld verdienen dank des Grundeinkommens nicht mehr als höchstes Gut angesehen wird, sondern ob man etwas Sinnvolles tut, sind wir 2057 unabhängig von einem fixen Arbeitgeber und teilen uns selbst sinnvolle Aufgaben zu. Darum bin ich auch bei der freiwilligen Feuerwehr. Einmal im Monat trainiere ich im Firevirtual-Center Einsätze in 3D. Das heisst, es ist wie ein reales Feuer, aber es kommt nichts und niemand zu Schaden. Zum Glück gibt es immer weniger Brände, da die Gebäude effizient mit automatischem Brandschutz ausgestattet und wegen der Umwelt alle Rauchentwicklungen streng verboten sind. Die Feuerwehr greift nur noch im äussersten Notfall ein, oder wenn die Robokapazitäten nicht ausreichen.

Eben doch nicht

Anonym

Jeder von uns bekommt ein tägliches "digitales Grundeinkommen", selbst die Kinder. Worauf wir aber eigentlich alle scharf sind - mal mehr, mal weniger - sind die Extras, die Boni, die Goodies. Verteilt werden diese täglich: Einige in der Lotterie, einige per Zufall und die meisten aufgrund unserer Karma-

Ausschüttung sowie für das Abarbeiten vorgeschlagener sozialer oder ökonomisch-ökologischer Tasks, die dem eigenen Profil entsprechen.

Die Grundeinkommensverteilung ist eben doch nicht bedingungslos. Du bist Teil des Systems, hast einen Chip, der alles macht, speichert, übersetzt. Je nach Fertigkeiten oder Intellekt steigt man in die verschiedenen Klassifizierungen ein: Du bekommst eine Wohnung und Grundeinkommen, du qualifizierst dich - Grundeinkommen plus Extra, je früher im Leben, umso höher. Wer sich hochgradig qualifiziert, erhält qualitativ hochwertigen Lebensraum und Auswahl besserer Lebensmittel. Wer in Gesellschaft mit Lebenspartnern, Kindern, Familien, Grosseltern, Pflegern oder einem Kollektiv lebt, darf zusammen "Wirtschaften".

Wir hocken viel zu oft in unseren Wohnhöhlen, bewegen uns viel zu selten, Sprechen mit Co-Workern und Freunden zu oft per Sprach-Chip. Wir haben wenig anzuziehen, es ist sowieso meistens warm, 21 °C. Nur für Hochqualifizierte gibt es Retreats und Sabbaticals, sie reisen mit mobilen Gefährten in die Naturzonen Meer, Strand, Gebirge, Schnee, Regenwald, Polar, Mond. Ich habe noch nie so ein Gefährt gesehen – auf den Strassen können sie nicht sein, denn dort gehe ich zu Treffen immer zu Fuss entlang.

Das Spielplatz - Picknick

Patricia Wolf

Das wöchentliche Treffen zum Picknick auf dem Spielplatz ist für Louise immer ein grosses Highlight, und gleichzeitig ein Abenteuer. Sie ist nervös, aber sie freut sich, die anderen Leute aus dem Quartier mal rasch zu treffen. Auch realen Sand unter den Füssen zu haben, ist gut. Irgendwie fühlt es sich doch anders an als die Holo-Welten.

Louise begrüsst Franz, Jana und deren Freunde aus dem Nebenhaus. Schön, so ein richtiger Hände-druck, menschliche Körper und Umarmungen. Alle haben sich festlich herausgeputzt für den Tag, an dem sie herauskommen dürfen. Sie sind glücklich, trinken schnell, die Stimmung steigt, es bleibt nicht viel Zeit. Hektisch, überhitzt und lärmend berichten sie über das, was sie in der letzten Woche gemacht haben. Beim Essen wird viel gelacht und gemeinsam geschaut, was im Quartier geändert werden soll. Jana schreibt Ideen auf und wird das Protokoll nachher allen zustellen. Dann kommt die Musik. Es ist ein Walzer. Franz und Jana tanzen als erste, dann kom-men weitere Paare dazu. Marc zieht Louise auf die Tanzfläche und wirbelt sie herum. Alles dreht sich, die Zeit scheint stehen zu bleiben. Louise riecht Marcs Parfüm, das ihr so vertraut ist von so vielen Treffen... Sie fühlt sich wohl in seinen Armen, schliesst die Augen. Und dann kommt das Signal.

Ein nervtötender, sirenenartiger Ton. Die Musik bricht ab, alle raffen ihre Habseligkeiten zusammen und laufen los zur Sammelstelle. Marc zieht Louise mit sich. Eine alte Frau neben ihnen taumelt und wird von ihrem Sohn aufgefangen, damit sie nicht hinfällt. Binnen 30 Sekunden ist der Platz leergefegt. Die Busse haben die Türen geöffnet, die Zeituhr zählt noch 20 Sekunden, als Marc Louise einen Kuss auf den Mund drückt und weiter eilt. Louise ist so überrascht, dass sie kurz stehen bleibt, die Hand auf den Mund gepresst. 14 Sekunden, 13, 12... Jemand nimmt Louise am Arm und zieht sie in den Bus. Die Türen schliessen sich.

Louise schaut aus dem Fenster zurück und schaudert: Man darf den Bus nicht verpassen. Nur die Hausbusse öffnen die Türschleusen zu den Häusern, und nur drinnen ist man ausserhalb der Ausgangszeiten sicher. Jemand hinter ihr summt leise das alte Kinderlied, das Louises Grossmutter ihr immer vorgesungen hatte: „Hör ich die Sirene singen, lass ich all mein Spielzeug stehen...".

Im Eilzugstempo von A nach A

Jonas Vonäsch

Wir arbeiten am ersten Montag im Monat jeweils nicht viel. Das monatliche Team-Meeting ist jedes Mal für alle ein Highlight! Wir treffen uns immer in einer Grossstadt in einem von diesen abgefahrenen Co-Working-Towern von CoWo-Inc. und machen da einen sehr lockeren Team-Tag.

Nachdem sich neue Mitarbeiter vorgestellt haben, treffen wir uns in der Arena zu einem Brainstorming mit anschliessender Ideen-Generierung zu Themen im Bereich der Cloud-Portalentwicklung, an der wir arbeiten. Heute wird dieses Meeting von einem Sänger namens „Bicho Raro" geleitet. Er singt und theatert die ganzen Anweisungen und Inputs. Es ist etwas komisch und niemand weiss so recht, ob alles ernst gemeint ist. Zum Glück ist das Ganze nach 80 Minuten vorbei und wir fahren mit einer vertikalen Transportkapsel bis ganz nach oben in die Landscape Lounge. Die ineffizienten Seilaufzüge wurden vor Jahren von autonom fahrenden Transportkapseln abgelöst. Diese können sich vertikal in Gebäuden und horizontal zwischen Gebäuden bewegen. In der Kapsel bekommen wir Informationen zum weiteren Verlauf des Tages.

Das Mittagessen kochen wir uns unter Anweisungen von Profis selbst. Ich bin mit Jörg und Hanna, zwei lustigen schwedischen Interaction Designern, beim Dessert-Team. Wir backen „cumbre de vanilla" und unterhalten uns in Spanisch. Dafür haben wir uns am Anfang des Projektes - entgegen der Empfehlung, dass wir Esperanto sprechen sollen - entschieden.

Miguel und Sämi stossen zum Kaffee zu uns. Sie erzählen uns vom verspäteten Flug. Ein Software-Bug hat das gesamte Security-System zum Absturz gebracht. Minuten später konnte der Software-Bug durch den Crowd-Dienst DevCrowd - tausende Softwareentwickler arbeiten für diesen Dienst, ihr Ziel ist es, sich in der Arbeitswelt mit schnellen und raffinierten Lösungen zu beweisen und einen von den angesagten Jobs bei einer Software-Firma zu bekommen - behoben und das Betriebssystem im Flugzeug neu gestartet werden. Trotzdem dauerte es über zwei Stunden, bis das Flugzeug einen neuen Startslot bekam; die Luft-Transport-Gesetzte reduzieren den Flugverkehr seit der Erdölkrise von 2020 drastisch.

Nachdem das Flugzeug gelandet war, steckten Miguel und Sämi noch zehn Minuten am Flughafen fest, weil der vorbestellte Goober (selbstfahrendes Taxi) bereits wieder losgefahren war. Sämi hatte vergessen, die Buchung um zwei Stunden zu verschieben und der Goober hat sich entschieden, einen anderen Auftrag in der Innenstadt anzunehmen. Nach 10 Minuten kam dann aber bereits der nächste Goober und nahm die beiden freundlicherweise mit, obwohl Sämi wegen der verpatzten Reservationsverschiebung ein paar Zuverlässigkeitsstrafpunkte in seiner Goober-Kundenbewertung bekommen hat. Nachdem das selbstfahrende Taxi die beiden gekonnt durch die Grossstadt gefahren hatte und sie zur Freude des Autos einen Block früher ausgestiegen waren, damit der Goober rechtzeitig bei den nächsten Fahrgästen sein konnte, haben sich Sämi und das Goober-System wieder „versöhnt" und Sämi hat ein paar Hilfsbereitschaftspunkte in der Goober-Kundenbewertung bekommen.

Nach dem Dessert, welches gar nicht mal so gut geschmeckt hat, weil es seit einigen Jahren nur noch chemisch hergestellten Vanille-Geschmack gibt, gab es verschiedene kleine Workshops in wild zusammengewürfelten Teams. Um @665 (Swatchzeit) ist das Ganze vorbei und wir nehmen die Transportkapsel Richtung U-Bahnhof. Während dem Warten auf den Hyperloop will ich noch kurz die Mails checken und merke, dass ich zwei Tablets eingepackt habe. Das ist nicht so schlimm, denn auf den Geräten sind keine persönlichen Daten abgelegt und jeder schnappt sich am Morgen irgendeinen Computer aus dem Ladegestell. Ich beantworte ein paar Mails, während das Display am Bahnhof anzeigt, dass der nahende Zug die Verzögerung eingeleitet hat und in ca. zehn Minuten eintreffen wird.

Nachdem ich die anstehenden Arbeiten für diese Wochen durchgegangen bin, packe ich das Tablet wieder ein und gebe Siri die Anweisung, sie soll doch einen Espresso für meine Platzreservierung im Hyperloop vorbestellen. Als ich kurz darauf einsteige und zu meinem reservierten Sessel laufe, wartet dort bereits ein feiner italienischer Espresso auf mich. Die Abrechnung für Espresso, Fahrkarte und Platzreservierung erfolgt bequem über den RFID-Chip in meinem Armband. Die Fahrt wird gerade mal 25 Minuten dauern und ich entscheide mich, etwas Musik zu hören. Über den Kopfhörer, welchen ich mir für diese

Reise geliehen habe, höre ich mir Songs von Pink Floyd, David Lynch und Baz Luhrmann an (mit dem neuen, nervösen Zeug konnte ich mich nicht anfreunden). Für die Heimfahrt von Zürich nach Luzern reserviere ich einen Goober. Ich habe in der Stadt noch auf ein Bier, und je nach Wetter, eine Pizza abgemacht. Ich gebe keine genaue Zieladresse ein, kreuze aber „Wünsche Renn-Velo" an.

Der Goober fährt mich zu einem Velounterstand in einem Wohnquartier und ich leihe mir ein hervorragendes Renn-Velo, welches einem Andreas B. gehört. Der wird von mir ein paar Spezialpunkte für Qualität und Wartung seines Renners bekommen. Ich gebe dem Rad ein „Merken", eventuell steht es ja öfter in Luzern. Mein Smartphone weist mich darauf hin, dass ich eine Strasse weiter die Bohrmaschine zurückbringen könnte. Doofe App, ich habe doch die Maschine nicht ständig bei mir... Später erinnern! Das Wetter stimmt. Ich schalte mein Smartphone aus und freue mich auf das Abendessen.

Der Dienstag ist wieder ein ganz normaler Arbeitstag. Ich fahre mit dem Renner (ich konnte die Reservierung um eine ganze Woche verlängern) zur Bäckerei und hole ein Pausenbrötli. Meistens arbeite ich im Garten oder im Büro zu Hause. Dann ist mein Arbeitsweg jeweils ziemlich kurz: Im Eilzugstempo von A nach A.

Häufig zu viel Arbeit

Roland Portmann

Montag

Ich beame mich ins Büro. Zuerst gehe ich in die Kommunikations-Maschine. Diese Maschine ersetzt das frühere E-Mail. Ich muss nur noch denken und mein Kommunikationsverkehr wird von meinen Gedanken informiert. Gleichzeitig bekomme ich die Informationen vom Projektmanagement und weiss, was ich bis zum Arbeitsende erledigen muss. Nach 40 Minuten trinke ich einen altmodischen Kaffee und nach weiteren 45 Minuten teilt mir der Projektmanagement-Computer mit, dass ich heute genug gemacht habe. Ich gehe Skifahren.

Dienstag

Heute ist Projektmeeting-Tag. Ich ziehe ein Hemd an und begebe mich in den Virtual-Reality-Raum. Dort sitzen schon die meisten anderen Teilnehmenden. Wir müssen heutzutage nicht mehr sprechen, sondern die Gehirne werden direkt zusammen geschaltet. Gut, dass ich ein gutes Training habe, sodass nur sinnvolle Gedanken von mir kommen. Nach 5 Minuten ist das Meeting abgeschlossen und das Protokoll sehe ich auf meinem Pad. Es wurden wirklich eminent wichtige Entscheide getroffen. Es gibt viel Arbeit für mich. Ich werde sicher 2 Stunden dafür brauchen. Zuerst trinke ich einen Tee, der meine Gehirnaktivitäten auf Vordermann bringt.

Mittwoch

Heute muss ich nicht arbeiten. Ich beschliesse, dass ich heute nach Honolulu gehe. In zwei Minuten bin ich dort - natürlich nur virtuell, aber dies ist ja eigentlich klar. Ich gehe zuerst etwas trinken und besorge mir eine nette Partnerin. Wie die meisten Partnerinnen heutzutage ist auch diese temporär und virtuell - und ganz praktisch. Das Mittagessen ist selbstverständlich japanisch. Das geht auch sehr schnell (drei Minuten), so dass genügend Zeit für den Vergnügungspark bleibt. Nach drei Stunden ist meine Freizeitaktivität vorbei und ich gehe mich ausruhen. Das ist heutzutage sehr effizient und in einer Stunde erledigt. Dann geht's weiter nach Indonesien.

Persona E

Der letzte Schrei

Anonym, Patricia Wolf

Reporterin: «Herr Anliker, wir lesen überall, dass Ferien auf dem Mars neuerdings der letzte Schrei sein sollen. Das Geschäft boomt. Ihre Agentur «Mars first» hat sich bereits sehr früh darauf spezialisiert. Was ist das Besondere an diesem Angebot?

J. Anliker: «Wissen Sie, so eine Reise auf den Mars ist doch etwas, wovon wir alle träumen. Der Mars ist der einzige noch geheimnisvolle und unberührte aber gleichzeitig sichere Platz, sage ich mal. Das ist Abenteuer pur, aber man braucht trotzdem keine teure Reisegepäck- oder Reiseunfallversicherung. Wir garantieren für maximales Abenteuer bei maximaler Sicherheit. Dafür stehen wir mit unserem guten Namen.

Reporterin: «Abenteuer hört sich spannend an. Wie aber schaffen Sie es, den Geschmack von so verschiedenen Personen wie Extremsportlern, Familien mit Kindern und Pärchen zu treffen? Die verstehen doch nicht wirklich dasselbe unter Abenteuer?»

J. Anliker: «Unsere Infrastruktur ist inzwischen so gut, dass wir für jede und jeden ein eigenes Programm vollständig nach ihrem Geschmack anbieten können, sage ich mal. Extremsportler sind natürlich scharf auf Klettern oder Biken in den roten Bergen oder Windkiten in der Wüste. Bei Familien mit Kindern sind wir deshalb so beliebt, weil die Eltern endlich mal völlig frei darin sind, was sie tun wollen, während die Kinder ein perfekt auf sie zugeschnittenes Programm bekommen. Deshalb buchen Familien meist längere Reisen, während Paare eher Kurztrips machen, sich Orte anschauen oder zusammen am Sportprogramm teilnehmen, dann aber auch gern zu Hause übernachten.»

Reporterin: «Wie funktioniert das denn?»

J. Anliker: «Wir liefern den Shortcut zum Mars, sage ich mal. Keine ewige Reisezeit, kein Gepäckschleppen, keine Zusatzkosten. Man geht in eine unserer Agenturen, nimmt Platz auf einem Stuhl, wählt das Programm und den Avatar zusammen mit einer Hostess aus. Die Statur, die begleitenden Freunde, der Status - alles frei wählbar. Wohin und wie man reisen will, steht einem frei. Bei einem Kurztrip schliesst sich die 7D-Kabine, und ab geht's. Bei einem Langtrip werden noch die Körperfunktionen – Ernährung, Stoffwechsel, Muskelaufbau auf Wunsch – angeschlossen, und dann kann man sorgenfrei abreisen.

Reporterin: «Das Schöne ist also: Im Endeffekt geht der Verstand auf Reisen - der Körper bleibt hier, und was am Ende bleibt, sind schöne Erinnerungen?»

J. Anliker: «Ja, das sage ich mal so.»

Persona F

ZeMoEu

Olivia Kleiner, Ute Klotz

Anette, 39 Jahre, von Beruf Vorleserin und Zuhörerin, und, darauf legt sie Wert: Mobilbürgerin.

Anette loggt sich mehrmals täglich auf der Internetplattform ZeMoEu ein, und synchronisiert ihren lokalen Kalender mit ihrem virtuellen ZeMoEu Kalender. Jetzt sind alle Termine, privat wie geschäftlich, eingetragen. Zu jedem Termin braucht es zusätzliche

Angaben, wie z.B. Abfahrtsort, Zielort, individueller Zeitpuffer, Dresscode, Menü, erwartete Umweltbelastung, Wettervorhersage und vieles mehr. Aufgrund all dieser Angaben werden die individuellen Transportmittel und Serviceleistungen, alles passend zum Termin, bereitgestellt und die Mobilitätskosten berechnet.

Gestern Abend zum Beispiel musste sie um 19 Uhr am Flughafen Zürich sein, um an einer privaten Buchvernissage vorzulesen. Abendkleidung wurde erwartet. Sie wurde also von zuhause in Luzern, direkt vor ihrer Haustür, mit einer selbstfahrenden Rikscha abgeholt. Der Check über ihre Ohrringe verlief reibungslos. Sie steigt nicht nur pünktlich, sondern auch trockenen Fusses in den Zug ein. Ihre Abendkleidung hat sie in einem kleinen Koffer dabei. Im Zug kann sie sich in einer Umkleidekabine umziehen, schminken und noch in aller Ruhe eine Tasse japanischen Gyokuro Tee und ein englisches Bendicks Bittermint geniessen. Sie liebt diese Umkleidekabinen im Zug. Es sind keine einfachen Umkleidekabinen, wie man sie aus den Kaufhäusern kennt, nein, es sind eher salonähnliche Räume mit viel Rot, einer Chaiselongue, einem dreiteiligen Spiegel und dezenter Salonmusik. Fantastisch.

Ihren Koffer gibt sie im Zug einerseits zur Aufbewahrung ab, andererseits müssen die Schuhe und auch ihre Jacke dringend gereinigt werden. Die freundliche Waggonmanagerin, eine Roboterin, übernimmt dies. Auf ihrer Rückfahrt möchte Anette alles wieder anziehen und mitnehmen können.

Um zwei Uhr morgens war Anette mit Koffer wieder zuhause in Luzern. Bevor sie aber schlafen ging, prüfte sie noch kurz ihre Fahrtkosten des Abends. Es hat alles bis auf den letzten Rappen gestimmt. Bravo. Sie ist mit sich und ihrer kleinen Welt zufrieden.

Szenario 3: Zentrale Aufgabenzuteilung und Überwachung

In diesem Szenario bekommen die Menschen zentral über virtuelle Kommunikationsmittel Aufgaben zugeteilt, die sie erledigen müssen. Sie sind immer online, überwacht und abhängig von digitalen Helfern, die ihnen von der Ernährung über Aktivitäten und Kommunikation alles vorgeben. Sie verlassen die Wohnung so gut wie nie.

Selten werden Personen an Arbeitsorte gerufen vom Arbeitgeber, dann findet Mobilität statt. In diesem Fall wird das Transportmittel vom Arbeitgeber vorgegeben.

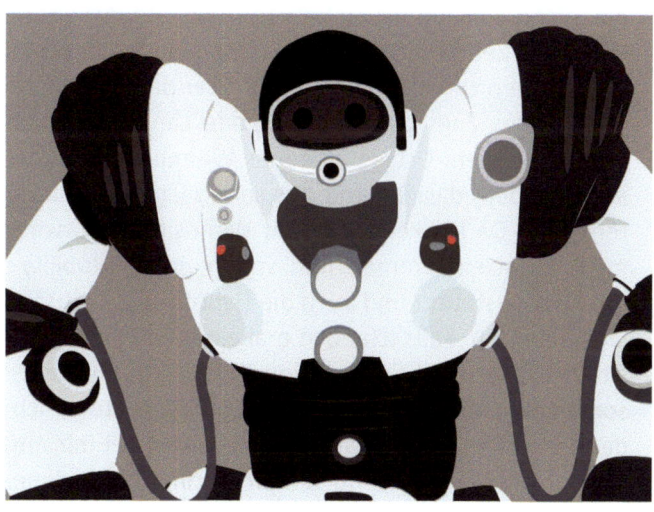

Persona A

Der Schienennomade

Sheron Baumann

Wir halten pünktlich und ich öffne die Tür meines Studios im Wohn- und Arbeitszug. Ich lebe nun seit sieben Jahren auf der Schiene und der Zug ist meine neue Heimat geworden. Er ist autonom bezüglich der Versorgung seiner Bewohner und seit der globalen Standardisierung der Schienen kommt er überall hin; Landesgrenzen stellen keine Barrieren mehr dar. Ich bin eigentlich immer unterwegs und am Arbeiten. Wenn ich Zeit habe, lehne ich mich aber auch gerne ein bisschen zurück und lasse mir über das Display im Fenster des Zugs die vorbeirasende Landschaft und Städte erklären. Ortsgebundenes Wohnen ist so teuer geworden, dass ich mir nur so ein Eigenheim leisten kann. Da ich keinen festen Wohnsitz habe, wird mein Zusatzeinkommen nun von meinem Mobility-Provider besteuert und auch die Hypothek fürs Studio läuft über ihn. Falls ich doch mal einen festen Wohnsitz brauche, wird der mir von ihm gegen eine entsprechende Gebühr organisiert. Entweder steige ich dann am richtigen Ort aus oder es dockt bei mir am Studio ein Mobilitätspod an. Der bringt mich dann direkt oder bei grösseren Distanzen via Podcarrier an den richtigen Ort. Immer öfter schickt mir auch der grosse Koordinator einen Mobilitätspod vorbei, um mich zu einem Kreativitätsworkshop zu bringen. Unterwegs lasse ich mir dann jeweils mein Kreativitätszentrum im Gehirn visuell und akustisch stimulieren. Nur kreative Arbeiten sind noch nicht automatisiert oder rationiert. Zum Glück habe ich eine gute Fantasie und neben der eigenen Akquise von Aufträgen über mein Netzwerk wird die Arbeit für den Koordinator zunehmend wichtig für mich. Das Grundeinkommen ist halt ein bisschen knapp bemessen und die Ausbildungswünsche meiner Kinder verlangen nach einer zusätzlichen Einkommensquelle.

Persona B

Stau

Patrick Suppiger, Sheron Baumann

Aufgewacht. Mit meinen Gedanken steuere ich bereits die Kaffeemaschine. Oh, die Milch ist leer. Gleich per Gedanken den Bestellvorschlag des Smart Consumer Amtes bestätigen. Nun zurück, was läuft auf der Welt? Per Sprache wähle ich mich ins Mobil-News Web ein. Gleichzeitig putzt der Roboter mir die

Zähne und zeigt mir die Reduktion in der Krankenkassenprämie an, da ich mich entschieden habe, sieben Mal täglich zu putzen statt nur fünf Mal.

Mein zweiter Roboter zeigt mir die aktuellen Meldungen meiner Mailbox. Hektik entsteht, der Android-Beamer hat bereits Stau. Zu viele Leute können ihn sich halt spontan leisten. Ich hoffe, dagegen wird bald endlich was von der Zentrale unternommen. Ich muss den klassischen Zug nehmen, wie es nur noch das Proletariat macht. Ich fahre mit dem Fahrstuhl runter in den Hausblock-Bahnhof und muss ganze fünf Minuten warten, bis der Zug kommt. „Super," denke ich, „das kann ja ewig dauern!" Meine Arbeit ist drei Blöcke entfernt, und mit dem Beamer wäre ich schon lange da...

Persona C

Ciby

Martin Neuenschwander

Der IT-Spezialist Ciby fährt mit der Schnellbahn in die 500 km weit entfernte Stadt zum Hauptsitz von "Future now!", für ein seltenes Treffen mit seinem Chef. Angeblich gehe es um die Besprechung von kritischen Rückmeldungen eines wichtigen Kunden,

den Ciby wegen diversen Reibereien eigentlich am liebsten loshaben möchte.

Vor der Schnellbahn-Station: "Oh nein, Dichtestress wie an jedem Montagmorgen!". Der Vorplatz mit den Verkehrsströmen wurde von einem selbsternannten Stararchitekten ja erst vor ein paar Jahren konzipiert und realisiert. Das gut gemeinte Konzept, das eine verkehrsberuhigte Zone für Fussgänger, Velo und Kleinautos vorsieht (mittlerweile sind in dieser Zone nur noch Elektroautos erlaubt), ist überhaupt nicht effizient. Im Gegenteil, viele Leute bekommen bereits an diesem Ort und nicht erst auf dem Perron Schweissausbrüche und rote Köpfe. Ciby vermisst klar signalisierte Laufbahnen für die Fussgänger. Schnelle Rollbahnen wären natürlich noch besser. Weshalb kommt eigentlich niemand auf diese Idee? Auf diesen Rollbahnen wären nämlich sicher auch keine E-Bikes erlaubt, deren ewiges Geklingel ohnehin schon seit langem nervt.

Endlich auf dem Perron – und zum Glück beim richtigen Aufgang! Denn hier ist die Warteschlange bei der NFC-Kafi-Säule erträglich kurz. Und Ciby hat auch beim Einsteigen Glück – die Türe hält direkt vor ihm und er kann sich (diesmal nur mit unauffälligem Ellbögeln) einen begehrten Sitzplatz auf der Zwischenetage ergattern. Uff!

Ciby sollte ja noch die Besprechung mit seinem Chef vorbereiten. Der Hot-Spot auf dem Handy steht, aber weshalb stottert das Internet? Ach klar – immer hier, kurz nach dem Tunnelausgang. Ciby fragt sich auch heute, weshalb die Bahn eigentlich immer noch kein stabiles Gratisinternet zur Verfügung stellt für ihre Kunden. "Eigentlich eine Frechheit, bei diesen Bahntarifen!"

Schräg gegenüber sitzt eine attraktive Brünette. Ciby wird leicht nervös. Wie in Kontakt kommen? Flirt-App? Ach... und überhaupt: keine Zeit. Ciby hat für heute Abend mit seiner Gilde abgemacht und muss sich bei seinen Cyber-Freunden beweisen, sonst fliegt er raus. Und ohnehin, das Handy hat kaum mehr Strom. Keine Steckdose in Sicht? Doch, dort drüben auf der Ablage, leider nicht direkt hinter der Brünette, sondern zwei Sitze weiter hinten. "Pardon, darf ich rasch – Akku leer... sorry...". "Shit – weshalb braucht es eigentlich noch Ladekabel zum Aufladen von Akkus?", fragt er sich und fädelt sich wieder ein in seiner Sitznische.

In 10 Minuten wird er im Büro seines Chefs stehen. Ciby hat keine Ahnung, wie er sich dort verhalten wird. Irgendwie ist ihm ziemlich viel egal. Kürzlich hat er in einer Pendlerzeitung etwas gelesen über agile Plattform-Geschäfte und das Zusammenspiel von Menschen mit Robotern. "Ich freue mich, dass das kommt," sagt er sich, "dann kooperiere ich lieber mit Robotern – und irgendwelche mühsamen Kunden können mich...".

Die Schnellbahn hält, die Türen öffnen sich. Ciby schaut der Brünetten nach – beinahe hätte er sein Handy vergessen, auf der Ablage gegenüber.

Persona D

Protestzug

Patricia Wolf

Ingmar traute seinen Augen nicht. Die Strasse mit dem Protestzug seiner Kollegen verschwamm vor seinen Augen und zeigte im nächsten Bild das Werbevideo des Pharmaunternehmens, dem der Protest galt. Da wollte er aber eigentlich gar nicht hin, sondern er wollte auch zur Solidaritätsdemo für die Rechte der Schweinemenschen. Allerdings schien sein Arbeitgeber das Holodeck zu kontrollieren.

Was also tun? Ingmar überlegte. Plötzlich fiel ihm etwas ein. Er ging zum Schrank und holte den Umhang heraus. Dieser schützte einigermassen gegen den aggressiven Feinstaub. Draussen war schlechtes Wetter, aber dann würde er halt zu Fuss gehen. Die Vorstellung erfüllte ihn mit grosser Aufregung, ein vorfreudiges und kribbeliges Gefühl.

Ingmar vergegenwärtigte sich, worauf es ankam: Schutz gegen Feinstaub, etwas zum Essen während der Demonstration, und... ach ja, der Weg. In seiner virtuellen Brille konnte er diesen nicht aufrufen – vermutlich auch eine Sperre durch seinen Arbeitgeber. Aber er hatte doch noch... Richtig, unten im Schreibtisch lag der alte Stadtplan aus Papier. Ganz schön nützlich in so einer Situation. Ingmar besah sich die Strecke.

Bis zum grossen Platz vor dem Pharmaunternehmen waren es ungefähr zwei Kilometer zu laufen. Das sollte er in einer Stunde schaffen. Mit seinen 150 Kilo war er nicht der Schnellste, aber bei weitem auch nicht der Langsamste. Und das hier war wichtig. Also los!

Die Türschleusen zum Fahrstuhl hin öffneten sich mit einem Quietschen. Offensichtlich wurde dieser auch nicht so oft benutzt. Drei Sekunden dauerte es von seiner Appartementbox im 51. Stock auf die Strasse. Direktanschluss – Haustüren waren überflüssig, seit die Fahrstühle mit Iris-Scan gerufen werden konnten.

Das Wetter war nicht so schlecht wie erwartet. Leichter Nieselregen und ungefähr so warm wie im Appartement, also 28 Grad Celsius. Ingmar marschierte los. Geradeaus, um die nächste Ecke, wieder geradeaus, beim Rathaus links... Die Strassen waren menschenleer, totenstill und sehr schmal, seit sie nicht mehr zum Fahren gebraucht wurden. Zweimal musste Ingmar neue Häuserblöcke umkreisen, die mitten in eine Hauptstrasse gebaut waren, aber alles ging gut.

Noch einen Block weiter, und dann um die Ecke, dann wäre das geschafft. Vorfreudig beschleunigte Ingmar seinen Schritt, musste dann aber wieder abbremsen, weil er so aus der Puste geriet. Und die würde er dann ja noch brauchen, um Protestparolen zu skandieren. Erstaunlich gut isoliert, diese Strassen, noch immer war kein Laut zu hören...

Ingmar bog um die letzte Ecke. Da lag das Gebäude des Pharmaunternehmens. Der Platz davor aber war leer.

Persona E

Morgenritual

Anonym, Patricia Wolf

Am Morgen wird Karin von ihrem Sprachwecker begrüsst und ihr Tagesplan wird ihr vor Augen geführt. Heute steht einiges auf der Liste. Sie bereitet sich auf einen arbeitsreichen Tag vor: Unzerknitterbares graues Kostüm mit eingebauten Massageelementen, Kommunikationsbrille mit augenschonendem Modus.

Essenskapseln in der Ärmeltasche. Eine davon mit Schokoladengeschmack, das gibt viel Energie und ist genau ihr Ding am Nachmittag. In einem Interview sagte neulich ein Experte, dass eine dieser Kapseln am Tag die Gehirnleistung langfristig um 67% steigert.

Schnell noch die Sportübungen im Muskelformer, derweil bereitet der Teomat den Grüntee so zu, dass er trinkbar ist, wenn sie aus dem Duschcleaner kommt. Energetisch ist das der beste Start in den Tag, sagen die Experten.

Katrin zieht sich an und trinkt ihren Tee. Dann nimmt sie die Videobotschaft für ihren schlafenden Mann und die Kinder auf, denn Kommunikation ist wichtig, darf nicht zu kurz kommen und ein Morgengruss spendet positive Energie. Das wirkt sich aus: Auf die Beziehung, den Alltag, und die Entwicklung der Kinder, so die Expertenstudien.

Katrin geht in die Mitte des Raumes auf die Transmitterplatte. Der Transmitter erwacht sofort zum Leben. Karin sagt «Büro». Der Transmitter lässt die dazugehörigen Koordinaten aufleuchten, und eine Stimme sagt «Passwort bitte». Karin stellt sich in Transportstellung und sagt: «Energie!».

Persona F

Ferngesteuert

Roger Müller

Ich stehe am Morgen auf. Sehe auf dem Monitor das Wetter. Mir wird vorgeschlagen, was ich anziehen soll. Mir wird auf Grund der Verkehrssituation das optimale Verkehrsmittel vorgeschlagen, respektive bereits ausgewählt und steht zur richtigen Zeit vor meiner Wohnung.

Ich gehe zur Arbeit. Unterwegs erhalte ich die aktuellsten Informationen über ein mobiles Gerät. Wenn ich in der Firma bin, werde ich von Robotern begrüsst. Ich arbeite und telefoniere mit Menschen, die ich physisch nicht sehe.

Ich werde nach der Arbeit von meinem elektronischen Helferlein beraten, wie ich mich am optimalsten von meiner Tagesleistung erhole. Da die Relax-Massnahmen sich von denjenigen meiner Familie unterscheiden werden, findet das, was man früher „das Zusammenleben" nannte, wenig statt. Alles muss immer optimal auf meine körperliche und mentale Verfassung ausgerichtet sein. Ich verlasse mich komplett auf diese elektronischen Helfer. Entscheidungen werden mir abgenommen.

Szenario 4: Emanzipation von digitalen Helfern

In diesem Szenario leben Aussteiger - Personen bewusst unabhängig von digitalen Helfern und verweigern sich der Überwachung. Sie betreiben Ackerbau, sind sehr naturverbunden und haben traditionelle Berufe. Abends treffen sie sich vor dem Kamin oder am Lagerfeuer. Diese Personen bewegen sich lokal, oft zu Fuss oder mit dem Fahrrad.

Persona A

Die grosse Frage

Anonym, Patricia Wolf

Kurt und Dorothee arbeiten nicht, weil sie Einkommen benötigen – zum Glück verfügen heutzutage alle über ein sehr grosszügig berechnetes bedingungsloses Grundeinkommen - sondern ausschliesslich, um etwas für sie Sinnvolles zu tun.

Kurt geht zum Inseli und trifft sich dort mit Gleichgesinnten. Kurt denkt während des Austauschs darüber nach, wie der Abfall eliminiert werden kann – er will ein Konzept dazu für die Stadt erarbeiten.

Dorothee tauscht sich mit Projekt-Mitarbeitern per Skype aus. Sie holt Infos für den optimalen Bau eines Hühnerstalls: Welches Holz? Welche Nägel? Und wichtiger: Wie transportiert sie das Material zu sich? Soll sie den Handwagen nehmen oder die Menschenkette bestellen? Dabei fällt ihr wieder die Frage ein, für die sie noch immer keine Lösung findet: Wie haben die Menschen das mit der Menschenkette nur früher gemacht, als es noch diese gefährlichen Autos auf der Strasse gab?

Horizont

Anonym

Es ist 2057. Vor zwei Jahren gab es einen Kollaps und alle digitalen Verbindungen wurden gekappt. Die Welt befindet sich im Wiederaufbau. Die Menschen kommen nicht mehr weit. Sie leben lokal in kleinen Gemeinschaften zusammen und betreiben Ackerbau, um zu überleben. Das funktioniert nur, weil die älteren Generationen die nötigen Kenntnisse noch überliefern können. Das restliche Wissen ist mit der Cloud am Horizont verschwunden.

Persona D

Die Kommune

Anonym

Lukas hat sich einer Kommune angeschlossen. Die Digitalisierung und Überwachung und Hektik der 2050er Jahre war zu viel für ihn, so dass er nun in einer Gruppe von 50 Menschen, weit abseits der Zivilisation, lebt. Materielle Dinge sind ihm nicht wichtig. Seine Hauptaufgabe besteht im Sammeln von Lebensmitteln. Dafür zieht er jeden Morgen zu Fuss mit einem Sack und einem Spaten in die Wälder.

Das Meeting abends findet immer am Lagerfeuer statt. Jeder Bewohner der Kommune hat dasselbe Stimmrecht. Abgestimmt wird über den zukünftigen Anbau von Lebensmitteln, über die Tierzucht. Das Meeting verläuft auch heute friedlich, wie immer. Der Gruppenzusammenhalt wird durch Besprechungen gestärkt.

Die Freizeitaktivitäten in der Kommune bestehen aus Bogenschiessen und Steine werfen. Die Ziele dabei sind Drohnen und Kameras, welche jede Ecke der Welt überwachen. Des Weiteren wird abends in den dunkeln Gassen auf Kämpfer-Käfer gesetzt, um die Zeit zu vertreiben. So macht das Leben Spass!

Weltraumputze 2.0

Christoph Stutz

Der Tag begann für Peter noch immer um 24 Uhr, aber nicht schlafend, sondern arbeitend. Schlaf war nicht mehr nötig, da dieser durch die Injektion von Energieampullen in die Adern wegrationalisiert wurde. Damit Peter nicht auf andere Ideen kam als seinen Job als Weltraum-Putze wahrzunehmen, wurden ihm Überwachungssensoren einoperiert, die sein Wirken und Tun (oder Nichtstun) ständig analysierten und bewerteten. Fielen die gemessenen Werte unter ein gewisses Soll, wurde er durch Schockschläge in die "richtigen Bahnen" geleitet.

Um den harten Anforderungen einer Weltraumputze gerecht zu werden, wurden seine Körperfunktionen mechanisch verstärkt, wie man sie von Robotern kennt. Dies war üblich bei sämtlichen Menschen, die von der KI der ÖV-Betriebe zu körperlich übermässig harten Arbeitseinsätzen «auserwählt» wurden. Dieser Umstand hatte starke Auswirkungen auf die Bauart der Transportmittel des öffentlichen Verkehrs, die dadurch ein enormes Mehrgewicht hatten aushalten müssen, um die «Auserwählten» zu ihren

Einsatzorten zu befördern – auf der Erde, wie auch im All. So machte der technische Fortschritt den ÖV einerseits unabhängiger und flexibler, aber anderseits hinterliess er einen Mehraufwand bei den Anschaffungs-, Unterhalts- und Betriebskosten.

Zwar schwärmten die Betreiber des ÖV schon von dem kurz bevorstehenden Durchbruch des «Beamens» von Personen und Gütern, aber gerade in den vergangenen Wochen kam es dabei zu «unschönen Unfällen». Es kam vor, dass Personen in falschen Körpern an ihren Bestimmungsorten angekommen waren oder Güter in anderer Zusammensetzung am Zielort auftauchten. So hatte diese Technik einen harten Stand in Sachen Akzeptanz bei der Gesellschaft und Industrie. Es sah so aus, als würde sich die Realisierung dieser Form von Personen- und Gütertransport mächtig verzögern.

Doch die Betreiber des ÖV drohten, sich langfristig nicht mehr in der Lage zu sehen, Menschen und Waren weiterhin täglich über ihr herkömmliches Netz befördern zu können. Es würde zu grossen Zeitverlusten, enormen Mehrkosten und schlimmen Unfällen kommen. Dafür mitverantwortlich wäre der zunehmende Müll des stark wachsenden Verkehrs durchs All. So mussten immer mehr Personen als Weltraumputzen eingesetzt werden, um den ÖV noch aufrecht halten zu können. Diese Putzen kamen zudem in den Genuss eines Sonderstatus im ÖV und wurden besonders zuvorkommend und schnell zu ihren Einsatzorten befördert.

Durch die flexiblen Schienen der «All-Bahn» konnte praktisch jede Ecke innerhalb kürzester Zeit erschlossen und angefahren werden. Dieser Service stand aber wie erwähnt nur den Weltraumputzen und sehr zahlungskräftigen Personen offen. Für den Rest der Gesellschaft war der ÖV ein Graus, aber die Abhängigkeit war aufgrund fehlender Alternativen sehr gross. So wurde nur hinter vorgehaltener Hand darüber gejammert und gelästert. Auch die Politik sah sich dem Monopol der ÖV-Betreiber ausgeliefert, denn sie wusste um die wirtschaftliche Abhängigkeit aller daran beteiligter Staaten und Unternehmen.

Peter konnte trotz ständiger Überwachung den Umstand, dass Weltraumputzen einen Sonderstatus beim ÖV hatten, geschickt zu seinen Gunsten ausnutzen. Da er nie nur eine Sekunde auf einen Transport hatte warten müssen, war er in der Lage, Bestellungen für einen «Reisewunsch» ganz spontan mittels gezielten Gedanken abzusetzen. So peppte er seine schlechten Anstellungsbedingungen auf, indem er «Reisewünsche» seiner zwielichtigen Kunden jederzeit erfüllen konnte. Diese waren ihrerseits bereit, dafür horrende Summen zu zahlen.

Bald wurde Peter nie mehr an einem «Putz-Einsatzort» gesichtet. Es gibt Leute, die behaupteten, er habe sich in eine nicht «all-tägliche»-Region abgesetzt und unterstütze von da mit grossem Effort «Unfall-Projekte» bei der Beamerei von Personen und Gütern.